Cláudio Martins

FORTUNA

Paulinas

Dados Internacionais de Catalogação na Publicação (CIP)
(Câmara Brasileira do Livro, SP, Brasil)

Martins, Cláudio
    Fortuna / Cláudio Martins ; [ilustrações do autor]. – São Paulo : Paulinas, 2013. – (Coleção magia das letras. Série letras & cores)

    ISBN 978-85-356-3423-5

    1. Literatura infantojuvenil   I. Título.   II. Série.

13-01586   CDD-028.5

Índices para catálogo sistemático:
1. Literatura infantil   028.5
2. Literatura infantojuvenil 028.5

1ª edição – 2013
2ª reimpressão – 2020

Direção-geral: *Bernadete Boff*
Editora responsável: *Maria Alexandre de Oliveira*
Assistente de edição: *Rosane Aparecida da Silva*
Copidesque: *Ana Cecilia Mari*
Coordenação de revisão: *Marina Mendonça*
Revisão: *Mônica Elaine G. S. da Costa*
Assistente de arte: *Ana Karina Caetano*
Gerente de produção: *Felício Calegaro Neto*
Projeto gráfico: *Telma Custódio*

Nenhuma parte desta obra pode ser reproduzida ou transmitida por qualquer forma e/ou quaisquer meios (eletrônico ou mecânico, incluindo fotocópia e gravação) ou arquivada em qualquer sistema ou banco de dados sem permissão escrita da Editora. Direitos reservados.

Paulinas
Rua Dona Inácia Uchoa, 62
04110-020 – São Paulo – SP (Brasil)
Tel.: (11) 2125-3500
http://www.paulinas.com.br – editora@paulinas.com.br
Telemarketing e SAC: 0800-7010081
© Pia Sociedade Filhas de São Paulo – São Paulo, 2013

Meu pai arranjou uma Máquina de Cortar Grama.
Ela é grandona, toda preta e branca, e faz uns barulhos,
mas ninguém ficou com medo dela.

A máquina

também faz suco.

Não é suco de grama,

é suco gordo e muito bom.

Todos nós ficaremos bem fortes.

De tempos em tempos a máquina fabrica outra máquina igualzinha a ela.
Só que é pequena e não adianta espremer:
ainda não dá caldo.

Como a máquina não pode ficar dentro de casa, ficamos preocupados.
Sozinha lá fora a noite inteira...

E se alguém a levasse?

Foi assim que arrumamos **um Alarme**.
O Alarme é bonitinho e tem um monte de outras utilidades.

Para que tudo funcione bem e na hora certa,

papai apareceu com **um Despertador.**

Funciona certinho e não gasta quase nada.

Junto do Despertador veio a sua Senhora.
Ela é muito simpática e todo dia põe, totalmente de graça, uma das coisas que mais gosto no mundo: OVO.

Se tiver paciência pra esperar uns dias,
o ovo bota pra fora mais um Despertador,
ou uma nova fabricante de mais ovos.

É uma fartura.

Várias vezes por dia

todo mundo solta suas

bolotas

e isso faz a grama crescer.

A terra fica mais poderosa e até a Sombra,
que era meio mixuruca, agora é uma fortaleza.
Nela devem morar e comer mais de um milhão de bichos,
sei lá...

A Sombra vive carregada de frutas que soltam sementes.
Aí nascem mais Sombras, com mais frutas,
que fazem outras Sombras,
outras frutas...

O lugar ficou tão bonito,
que um pequeno lago transbordou de curiosidade
e rolou montanha abaixo para nos visitar.
Agora suas águas frescas correm por aqui todo dia,
desfilando peixes.

Os dias foram andando, andando.

Os ventos quentes empurravam as tardes para depois das montanhas, lá para outras paisagens.

Os ventos frios puxavam as noites vestidas de camisola preta,
onde a lua pintava e bordava estrelas.

Até que, numa manhã brilhante,
o Alarme soltou um alarme!

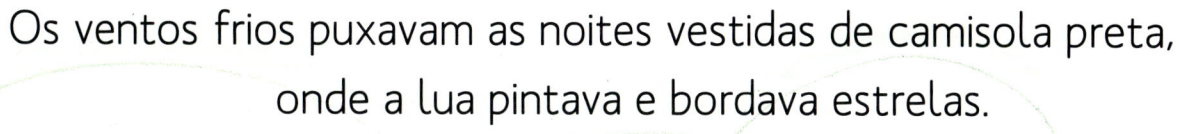

Foi um corre-corre.

Um homenzinho abelhudo

havia entrado na nossa história.

Chegou carregado de projetos, engenhocas, ferramentas e muita conversa mole.

Foi logo propondo
desmontar a paisagem
e deixar tudo bem reto.

Depois faria uma avenida imensa,
por onde o progresso correria às mil maravilhas.

Garantiu que cada pedacinho de terra iria valer uma fortuna.

Inimaginável!

Nem perdemos nosso tempo ouvindo mais.
O homenzinho foi logo
expulso do livro.

Tem gente que não entende que queremos viver na fortuna,
mas bem do jeito que a fortuna é:
com Sombra e Água Fresca.

Cláudio Martins estudou Desenho Industrial e durante muitos anos trabalhou em projetos de Tecnologia, Meio Ambiente, Cultura, além de passar por jornais e revistas. Mas o mundo dos adultos é muito sem imaginação, sem fantasia, sem criatividade e, um dia, resolveu cair de sola, de cara e de coração na Literatura Infantil. Desenhou uma porção de histórias, uma montoeira de personagens, tudo o mais alegre e divertido que pode. Para ele, ser criança é muito mais que um estado de espírito, é um estado de inteligência. Seu trabalho pode ser conhecido em: <http://www.claudiomartins.com.br>.